青磁社

句集

ぎんどろ

Oikawa Yumiko

及川由美子

ぎんどろの分けても高く涼しさよ

長谷川　櫂

ぎんどろ＊目次

序句　長谷川櫂　1

Ⅰ　夏　空　7
Ⅱ　かなかな　39
Ⅲ　震　災　67
Ⅳ　花吹雪　99
Ⅴ　水中花　125
Ⅵ　ぎんどろ　143

あとがき　169

季語索引　170
初句索引　179

句集　ぎんどろ

Ⅰ 夏空

二〇〇四〜〇八年

栗の木や軒を破つて夏空へ

夏至の夜や海の底行く寝台車

桟橋や十歩で尽きて雲の峰

雑魚寝して今宵は涼し五十人

いま帰るとなりの猫や夏の星

ぎんどろの大樹を仰ぐ夏帽子

笑ふかに眠る石仏花うばら

ほうたるや星にまぎるる高みまで

水馬磁石のはじきあふごとく

青年のリュックに提げる藺笠かな

蠅叩き巧くなりたる哀しさよ

へた尖るハッさんの茄子朝の市

大いなる秋を流るる水馬

黙禱の九十五歳終戦日

昭和八十一年とや

姉とゐて父のことなど花灯籠

はらわたの引けば尾の反る初秋刀魚

蕎麦打ちの打ち粉白々秋の風

いくたびも振り返る猫秋の風

目鼻なきこけし百体冬に入る

雪垣にシャンパンを挿す聖夜かな

ドラム缶立てて庭師の焚火かな

厨の戸節穴二つ冬日さす

春の山土竜の小路八方へ

空つぽの犬小屋に入る春日かな

春の月湯壺にならぶ古希米寿

肉球の花のやうなる仔猫かな

春風やあまた付箋を時刻表

囀やこの欅より杉並区

果樹園の枝くぐりゆく雉子かな

花守の肩幅二尺西行忌

Ⅱ　かなかな

二〇〇九～一〇年

破れたる翅鳴らし来よ鬼やんま

夏果や城址はかく草の丈

錦秋の同じ心の四人かな

二〇〇九年八月　古志岩手支部発足

踊の輪抜けて鼻緒を直しをり

かなかなや牛舎に点す裸の灯

月の裏さながら秋の蚊帳の中

朝顔や無人の家と思ひしが

太陽のぷかりぷかりと柚子湯かな

風花や白き太陽中空を

差し入れの鯛焼熱し募金中

湯たんぽを包みて今日の終りとす

抱へては重き茎石母思ふ

雲雀野をひとり手ぶらでゆくもよし

雪解けの頃の再会約しけり

ぎんどろをとくとく上る春の水

麗らかや大きくひらく足の指

目の覚めて水辺の心地春の雲

太陽や石の窪にも蝌蚪の国

古里は父母の墓のみ柳絮とぶ

青空の虻へジャンプ岩魚かな

生まれつき気まぐれな花南瓜かな

夫にもう転勤はなし桐の花

ぎんどろの雫あをあを夕立かな

蓮の葉のてんでに揺れて触れ合はず

灯ともりてふくらむ蛍袋かな

Ⅲ　震災

二〇一一〜一二年

東日本大震災

海といふ大いなる墓地桜貝

長女は石巻

底冷えて強き胎動命かな

二女は南相馬

難民となりて彷徨ふ春の月

雪間より鏄の大地のあらはるる

春荒き地声でうたへ応援歌

田の神はこんな声かも牛蛙

ぎんどろの葉はさらさらと蝶まぶし

鈴蘭のむれ咲く大地犬の墓

託されし命すなはち髪洗ふ

二〇一一年六月　初孫誕生

母となり吾子の寝息よ夏の月

若竹の打ち合ふ音の明るさよ

赤紫蘇は媼のほまち朝の市

天辺は竹竿をもて実梅捥ぐ

夕暮の畑さぐらん茗荷の子

剣舞

鬼の面取りて男の夏終る

湯の宿や裏山をゆく夏帽子

脈拍を打つ心臓のトマト捥ぐ

かなかなや川の向かうは神田駅

新聞を手に朝顔のけふの数

みんみんと又にいにいと鳴きしきる

母と娘こゑよく似たる門火かな

今朝の秋座敷箒の音さへも

亡き犬に似し犬と会ふ良夜かな

ぎんどろは月の光を湛へたり

さいかちの莢のささ鳴る山路かな

龍神の梁うねる冬の寺

プーさんの袋へそつとお年玉

口でひっぱる綾取りの糸スカイツリー

篝火の火の粉は無限凍る空

Ⅳ　花吹雪

二〇一三〜一五年

俎板の烏賊に目のある余寒かな

三女へ

春の月遠きひとりよつつがなく

春愁や握りつぶせし紙コップ

丘をただ転がる遊び風光る

花吹雪老樹は命ふりしぼる

草おぼろ川またおぼろ橋も又

ハイヒールの人も乗り込む花見舟

鶯のこゑ八方に旅寝かな

うすれゆく生家の記憶花うばら

青鷺のはや来てをりぬ田水張る

草の上に羊腹這ふ涼しさよ

炎天や毒ある花の美しく

干梅を月にあづけて眠りけり

風に乗り光となれる毛虫かな

野仏は淋しからずや木の実降る

こぼれてはまた舞ひ上る小鳥かな

芋嵐両手ひろげて子ら走る

ぎんどろの幹のまはりの落葉踏む

乗り換へて旅人となる冬野かな

九十の母の根城や冬菜畑

鳥ちちともみの大樹に雪つもる

探梅や日当りを出て日当りへ

空青し大つららまた姫つらら

V　水中花

二〇一六〜一七年

雪解けやふるさとの駅通過中

病得し夫の無聊よ春の雲

我を呼ぶ声遠くより春野かな

天空へぎんどろ柳絮ふぶきかな

夫逝きて白にきはまる四葩かな

二〇一六年六月二十八日　享年六十六

家ぢゆうに仏間の百合の香りけり

主なき庭の柘榴の花ざかり

夢に来て夫は無口や花林檎

仏壇の位置を思案の端居かな

水中花古びぬものに夫の顔

家ごとに清水を引いて鯉を飼ふ

わたすげや木道大空へと続く

雑踏にまぎるる背中夏の果

すいつちよは二段跳して稲の葉へ

喪ごころの葉陰に舞ふや秋の蝶

Ⅵ　ぎんどろ

二〇一八～二〇年

身の透けて蜻蛉生るる水辺かな

肩借りて秋の風鈴はづしけり

大甕に投げ入れてあり柿の枝

己が尾の気になる猫の夜長かな

墓洗ふ母の歳までもう五年

夫の里やや遠くなる白露かな

目つむれば花葛にほふ山家かな

ぎんどろの銀の枯葉の発光す

煙立つ山裾の村白鳥来

バレー部の必勝の絵馬冬日さす

そのままの大往生や大蕪

義母　享年九十九

忌明けや鰤のぶつ切りあら汁へ

閼伽桶の下がゐどころ土蛙

駆け出して鳥となる子ら春を呼ぶ

猫の目はそら豆の色春の宵

なにゆゑに重き貧血原発忌

たんぽぽや河童の掬ふわすれ水

今年また転生の蝶来りけり

仏の花尺取虫がいつの間に

誰かしら麦藁帽の忘れもの

黒百合は蝶となりしか山の道

夏の果ぎんどろの葉を栞とす

海鞘の殻裂けばあふるる太平洋

あとがき

『ぎんどろ』は、私の初めての句集です。

人生の四季折々、ぎんどろの木はいつも私のかたわらに立っていました。それで、句集名には頼もしく美しいこの木の名前をもらいました。

句集を編むにあたり、長谷川櫂先生に選を仰ぎ、ご教示をいただきました。更に序句を賜り心より感謝しております。

出版の労をおとりくださいました青磁社の永田淳様、装幀の加藤恒彦様に厚く御礼申し上げます。

そして、彼岸此岸を問わず、これまでご縁のあった方々に感謝を込めてこの句集を捧げます。

令和二年　盛夏

及川　由美子

季語索引

あ行

青梅 【あおうめ】 （夏）
天辺は竹竿をもて実梅捥ぐ 八一

青鷺 【あおさぎ】 （夏）
青鷺のはや来てをりぬ田水張る 一一〇

秋 【あき】 （秋）
大いなる秋を流るる水馬 二一
肩借りて秋の風鈴はづしけり 一四六
錦秋の同じ心の四人かな 四三

秋風 【あきかぜ】 （秋）
いくたびも振り返る猫秋の風 二六
蕎麦打ちの打ち粉白々秋の風 二五

秋の蚊帳 【あきのかや】 （秋）
月の裏さながら秋の蚊帳の中 四六

秋の蝶 【あきのちょう】 （秋）
喪ごころの葉陰に舞ふや秋の蝶 一四一

朝顔 【あさがお】 （秋）
朝顔や無人の家と思ひしが 四七
新聞を手に朝顔のけふの数 八七

紫陽花 【あじさい】 （夏）
夫逝きて白にきはまる四葩かな 一三一

水馬 【あめんぼ】 （夏）
水馬磁石のはじきあふごとく 一七

綾取 【あやとり】 （冬）
口でひっぱる綾取りの糸スカイツリー 九六

藺笠 【いがさ】 （夏）
青年のリュックに提げる藺笠かな 一八

茨の花 【いばらのはな】 （夏）
うすれゆく生家の記憶花うばら 一〇九

芋嵐 【いもあらし】 （秋）
笑ふかに眠る石仏花うばら 一五

岩魚 【いわな】 （夏）
芋嵐両手ひろげて子ら走る 一一七

青空の虹へジャンプ岩魚かな　六〇

鶯【うぐいす】（春）

鶯のこゑ八方に旅寝かな　一〇八

牛蛙【うしがえる】（夏）

田の神はこんな声かも牛蛙　七四

馬追【うまおい】（秋）

すいつちよは二段跳して稲の葉へ　一四〇

梅干【うめぼし】（夏）

干梅を月にあづけて眠りけり　一一三

麗か【うららか】（春）

麗らかや大きくひらく足の指　五六

炎天【えんてん】（夏）

炎天や毒ある花の美しく　一一二

お玉杓子【おたまじゃくし】（春）

太陽や石の窪にも蝌蚪の国　五八

落葉【おちば】（冬）

ぎんどろの幹のまはりの落葉踏む　一一八

踊【おどり】（秋）

踊の輪抜けて鼻緒を直しをり　四四

朧【おぼろ】（春）

草おぼろ川またおぼろ橋も又　一〇六

か行

柿【かき】（秋）

大甕に投げ入れてあり柿の枝　一四七

風花【かざはな】（冬）

風花や白き太陽中空を　四九

風光る【かぜひかる】（春）

丘をただ転がる遊び風光る　一〇四

蕪【かぶ】（冬）

そのままの大往生や大蕪　一五五

南瓜の花【かぼちゃのはな】（夏）

生まれつき気まぐれな花南瓜かな　六一

髪洗ふ【かみあらう】（夏）

託されし命すなはち髪洗ふ　七七

枯葉【かれは】（冬）

ぎんどろの銀の枯葉の発光す　一五二
蛙【かわず】（春）
閼伽桶の下がゐどころ土蛙　一五七
雉【きじ】（春）
果樹園の枝くぐりゆく雉子かな　三七
桐の花【きりのはな】（夏）
夫にもう転勤はなし桐の花　六二
茎漬【くきづけ】（冬）
抱へては重き茎石母思ふ　五二
葛の花【くずのはな】（秋）
目つむれば花葛にほふ山家かな　一五一
雲の峰【くものみね】（夏）
栈橋や十歩で尽きて雲の峰　一一
クリスマス【くりすます】（冬）
雪垣にシャンパンを挿す聖夜かな　二八
黒百合【くろゆり】（夏）
黒百合は蝶となりしか山の道　一六五
夏至【げし】（夏）
夏至の夜や海の底行く寝台車　一〇
毛虫【けむし】（夏）
風に乗り光となれる毛虫かな　一一四
原発忌【げんぱつき】（春）
なにゆゑに重き貧血原発忌　一六〇
小鳥【ことり】（秋）
こぼれてはまた舞ひ上る小鳥かな　一一六
木の実【このみ】（秋）
野仏は淋しからずや木の実降る　一一五

さ行

皀角子【さいかち】（秋）
さいかちの莢のささ鳴る山路かな　九三
西行忌【さいぎょうき】（春）
花守の肩幅二尺西行忌　三八
囀り【さえずり】（春）
囀やこの欅より杉並区　三六
桜貝【さくらがい】（春）

海といふ大いなる墓地桜貝 六九

石榴の花 【ざくろのはな】 (夏) 一一一

主なき庭の柘榴の花ざかり 一三三

秋刀魚 【さんま】 (秋)

はらわたの引けば尾の反る初秋刀魚 二四

紫蘇 【しそ】 (夏)

赤紫蘇は嫗のほまち朝の市 八〇

清水 【しみず】 (夏)

家ごとに清水を引いて鯉を飼ふ 一三七

尺蠖 【しゃくとり】 (夏)

仏の花尺取虫がいつの間に 一六三

終戦記念日 【しゅうせんきねんび】 (秋)

黙禱の九十五歳終戦日 二一

春愁 【しゅんしゅう】 (春)

春愁や握りつぶせし紙コップ 一〇三

水中花 【すいちゅうか】 (夏)

水中花古びぬものに夫の顔 一三六

涼し 【すずし】 (夏)

草の上に羊腹這ふ涼しさよ 一一二

雑魚寝して今宵は涼し五十人

鈴蘭 【すずらん】 (夏)

鈴蘭のむれ咲く大地犬の墓 七六

蟬 【せみ】 (夏)

みんみんと又にいにいと鳴きしきる 八八

た行

鯛焼 【たいやき】 (冬)

差し入れの鯛焼熱し募金中 五〇

焚火 【たきび】 (冬)

ドラム缶立てて庭師の焚火かな 二九

探梅 【たんばい】 (冬)

探梅や日当りを出て日当りへ 一二三

湯婆 【たんぽ】 (冬)

湯たんぽを包みて今日の終りとす 五一

蒲公英 【たんぽぽ】 (春)

たんぽぽや河童の掬ふわすれ水 一六一

蝶【ちょう】（春）
ぎんどろの葉はさらさらと蝶まぶし　七五
今年また転生の蝶来りけり　一六二
月【つき】（秋）
ぎんどろは月の光を湛へたり　九二
冷たし【つめたし】（冬）
底冷えて強き胎動命かな　七〇
露【つゆ】（秋）
夫の里やや遠くなる白露かな　一五〇
氷柱【つらら】（冬）
空青し大つららまた姫つらら　一二三
灯籠【とうろう】（秋）
姉とゐて父のことなど花灯籠　二三
年玉【としだま】（新年）
プーさんの袋へそつとお年玉　九五
トマト【とまと】（夏）
脈拍を打つ心臓のトマト捥ぐ　八五
蜻蛉【とんぼ】（秋）
身の透けて蜻蛉生るる水辺かな　一四五
破れたる翅鳴らし来よ鬼やんま　四一

な行

茄子【なす】（夏）
へた尖るハッさんの茄子朝の市　二〇
夏【なつ】（夏）
栗の木や軒を破つて夏空へ　九
夏の月【なつのつき】（夏）
母となり吾子の寝息よ夏の月　七八
夏の果【なつのはて】（夏）
鬼の面取りて男の夏終る　八三
雑踏にまぎるる背中夏の果　一三九
夏の果ぎんどろの葉を栞とす　一六六
夏の星【なつのほし】（夏）
夏果や城址はかく草の丈　四二
いま帰るとなりの猫や夏の星　一三
夏帽子【なつぼうし】（夏）

ぎんどろの大樹を仰ぐ夏帽子　一四
誰かしら麦藁帽の忘れもの　一六四
湯の宿や裏山をゆく夏帽子　八四
猫の子【ねこのこ】（春）
肉球の花のやうなる仔猫かな　三四

は行

蠅叩【はえたたき】（夏）
蠅叩き巧くなりたる哀しさよ　一九
墓参【はかまいり】（秋）
墓洗ふ母の歳までもう五年　一四九
白鳥【はくちょう】（冬）
煙立つ山裾の村白鳥来　一五三
端居【はしい】（夏）
仏壇の位置を思案の端居かな　一三五
蓮の浮葉【はすのうきは】（夏）
蓮の葉のてんでに揺れて触れ合はず　六四
花吹雪【はなふぶき】（春）
花吹雪老樹は命ふりしぼる　一〇五
花見【はなみ】（春）
ハイヒールの人も乗り込む花見舟　一〇七
春【はる】（春）
駆け出して鳥となる子ら春を呼ぶ　一五八
春荒き地声でうたへ応援歌　七三
春風【はるかぜ】（春）
春風やあまた付箋を時刻表　三五
春の雲【はるのくも】（春）
目の覚めて水辺の心地春の雲　五七
病得し夫の無聊よ春の雲　一二八
春の月【はるのつき】（春）
難民となりて彷徨ふ春の月　七一
春の月遠きひとりよつつがなく　一〇二
春の月湯壺にならぶ古希米寿　三三
春の野【はるのの】（春）
我を呼ぶ声遠くより春野かな　一二九
春の日【はるのひ】（春）

ま行

母と娘こゑよく似たる門火かな　八九

や行

夕立【ゆうだち】（夏）
ぎんどろの雫あをあを夕立かな　六三

雪【ゆき】（冬）
鳥ちちともみの大樹に雪つもる　一二一

雪解【ゆきげ】（春）
雪解けの頃の再会約しけり　五四
雪解けやふるさとの駅通過中　一二七

雪間【ゆきま】（春）
雪間より鋳の大地のあらはるる　七二

柚子湯【ゆずゆ】（冬）
太陽のぷかりぷかりと柚子湯かな　四八

百合【ゆり】（夏）
家ぢゆうに仏間の百合の香りけり　一三二

余寒【よかん】（春）
俎板の烏賊に目のある余寒かな　一〇一

夜長【よなが】（秋）
己が尾の気になる猫の夜長かな　一四八

ら行

立秋【りっしゅう】（秋）
今朝の秋座敷箒の音さへも　九〇

立冬【りっとう】（冬）
目鼻なきこけし百体冬に入る　二七

柳絮【りゅうじょ】（春）
天空へぎんどろ柳絮ふぶきかな　一三〇
古里は父母の墓のみ柳絮とぶ　五九

良夜【りょうや】（秋）
亡き犬に似し犬と会ふ良夜かな　九一

林檎の花【りんごのはな】（春）
夢に来て夫は無口や花林檎　一三四

わ行

若竹【わかたけ】（夏）

若竹の打ち合ふ音の明るさよ　七九

綿菅【わたすげ】（夏）

わたすげや木道大空へと続く　一三八

初句索引

あ

青鷺の　一一〇
青空の　六〇
閼伽桶の　一五七
赤紫蘇は　八〇
朝顔や　四七
姉とゐて　二三
水馬　一七
主なき　一三三

い

家ごとに　一三七
家ぢゆうに　一三二
いくたびも　二六
いま帰る　一三
忌明けや　一五六
芋嵐　一一七

う

鶯の　一〇八
うすれゆく　一〇九
生まれつき　六一
海といふ　六九
麗らかや　五六

え

炎天や　一一二

お

大いなる　二一
大甕に　一四七
丘をただ　一〇四
踊の輪　四四
鬼の面　八三
己が尾の　一四八

か

抱へては　五二
篝火の　九七
駆け出して　一五八
風花や　四九
果樹園の　三七
風に乗り　一一四
肩借りて　一四六
かなかなや
　川の向かうは　八六
　牛舎に点す　四五
空つぽの　三二

き

九十の　一二〇
錦秋の　四三
ぎんどろの
　銀の枯葉の　一五二
　雫あをあを　六三
　大樹を仰ぐ　一四
　葉はさらさらと　七五
　幹のまはりの　一一八
ぎんどろは　九二
ぎんどろを　五五

く

草おぼろ　一〇六
草の上に　一一一
　口でひつぱる　九六
栗の木や　九
厨の戸　三〇
黒百合は　一六五

け

今朝の秋　九〇
夏至の夜や　一〇
煙立つ　一五三

母となり　七八
はらわたの　二四
春荒き　七三
春風や　三五
春の月
　遠きひとりよ　一〇二
　湯壺にならぶ　一三三
春の山　三一
バレー部の　一五四

ひ

灯ともりて　六五
雲雀野を　五三

ふ

プーさんの　九五
仏壇の　一三五
古里は　五九

へ

へた尖る　二〇

ほ

ほうたるや　一六
干梅を　一一三
仏の花　一六三
海鞘の殻　一六七

ま

俎板の　一〇一

み

身の透けて　一四五
脈拍を　八五
みんみんと　八八

め

目つむれば　一五一
目の覚めて　五七
目鼻なき　二七

も

黙禱の　二二
喪ごころの　一四一

や

破れたる　四一
病得し　一二八

ゆ

夕暮の　八二
雪垣に　二八
雪解けの　五四
雪解けや　一二七
雪間より　七二
湯たんぽを　五一
湯の宿や　八四
夢に来て　一三四

り

龍神の　九四

わ

若竹の　七九
わたすげや　一三八
笑ふかに　一一五
我を呼ぶ　一二九

著者略歴

及川　由美子（おいかわ ゆみこ）
旧姓　金矢（かなや）

一九五三年　岩手県花巻市生れ
二〇〇四年　「古志」入会
二〇〇七年　「古志」同人

古志叢書第六十篇

句集　ぎんどろ

初版発行日　二〇二〇年七月十五日
著　者　及川由美子
北上市孫屋敷四－五（〒〇二四－〇〇二五）
定　価　二〇〇〇円
発行者　永田　淳
発行所　青磁社
京都市北区上賀茂豊田町四〇－一（〒六〇三－八〇四五）
電話　〇七五－七〇五－二八三八
振替　〇〇九四〇－二－一二四二二四
http://www3.osk.3web.ne.jp/~seijisya/
装　幀　加藤恒彦
印刷・製本　創栄図書印刷

ISBN978-4-86198-472-3 C0092 ¥2000E